La estación de los bomberos

por Robert Munsch
Ilustraciones por Michael Martchenko

EDITORIAL: ANNICK PRESS LTD.
Toronto, Canada M2M 1H9

tercera edición, abril 1997

Annick Press Ltd.

La Editorial Annick reconoce con gratitud el apoyo del
Consejo de Canadá y del Consejo de las Artes de Ontario.

Cataloguing in Publication Data
      Munsch, Robert N., 1945–
          [Fire station. Spanish]
          La estación de los bomberos

      Translation of: The fire station
      Text in Spanish.
      ISBN 1-55037-268-8

      I. Martchenko, Michael. I. Title. II. title: Fire station. Spanish.

      PS8576.U575F5718 1992   jC813'.54 C92-094554-6
      PZ73.M86Es 1992

Distribuído en el Canadá por: Publicado en los E.E.U.U. por Annick
Firefly Books Ltd.   Distribuído en los E.E.U.U. por:
3680 Victoria Park Avenue   Firefly Books (U.S.) Inc.
Willowdale, ON   P.O. Box 1338
M2H 3K1   Ellicott Station
    Buffalo, NY 14205

—a Holly Martchenko, Toronto, Ontario, Canadá y a Michael Villamore y Sheila Prescott, Coos Bay, Oregón.

Miguelito y Sheila iban caminando en la calle, y cuando pasaron enfrente de la estación de bomberos, Sheila dijo:

—Oyeme Miguelito, vamos a subirnos en un camión de los bomberos.

—Dejame ver —dijo Miguelito—. Yo creo que deberíamos preguntarle a mi mamá, y yo creo que deberíamos preguntarle a mi papá, y yo creo...

—Y yo creo que deberíamos entrar —dijo Sheila. Entonces ella agarró la mano de Miguelito y lo llevó hasta la puerta de la estación.

Sheila tocó: ton, ton, ton, ton.

Un bombero muy grande salió y les preguntó:

—¿En qué puedo servirles, niños?

—Pues... talvez nos podría enseñar un camión de bomberos y las mangueras y las botas de hule y las escaleras y todo lo que ustedes usan —dijo Miguelito.

—Por supuesto —respondió el bombero.

—¿Y talvez nos podría dejar manejar un camión de bomberos? —preguntó Sheila.

—Por supuesto que no —respondió el bombero.

Entonces ellos entraron y vieron las escaleras y las mangueras y las botas de hule. Luego vieron camiones de bomberos grandes y camiones de bomberos enormes. Cuando ya habían terminado de ver todo, Miguelito dijo:

—Vamos.

—Sí —dijo Sheila—. Vamos a subirnos al camión de bomberos grande.

Mientras estaban en el camión, la alarma sonó:
¡¡Riiinng!! ¡¡¡Riiinnng!!! ¡¡¡¡¡Riiiiinnnnng!!!!!
—¡Oh no! —dijo Miguelito.
—¡Oh sí! —dijo Sheila— y jaló a Miguelito para el
sillón de atrás.

Muchos bomberos venían corriendo de todas partes.
Unos venían deslizándose por los tubos y otros
bajando por las escaleras. Todos ellos saltaron en el
camión y arrancaron, saliendo de la estación
rapidamente. Los bomberos no miraron en el sillón
de atrás. . .exactamente donde estaban Miguelito y
Sheila.

Llegaron a un incendio enorme. Había mucho humo feísimo de muchos colores que cubría todo y a todos. El humo coloreó a Miguelito de amarillo, verde y azul. Coloreó a Sheila de violeta, verde y amarillo.

Cuando el jefe de los bomberos los vió, les dijo:
—¡Muchachos! ¡Cómo está eso de que ustedes están aquí!

Sheila contestó:
—Venimos en uno de los camiones de bomberos porque pensamos que talvez era un bus o que talvez era un taxi o que talvez era un elevador o que talvez. . .
—Y talvez yo debería llevarlos a sus casas —dijo el jefe de los bomberos.
Entonces él puso a Miguelito y a Sheila en su carro y se los llevó.

Cuando Miguelito llegó a su casa, él tocó a la puerta.
Su madre la abrió y cuando lo vió le dijo:
—¡Qué muchachito más sucio! Tú no puedes entrar
a esta casa a jugar con mi Miguelito. ¡Estás
demasiado sucio!
Y entonces ella le dió un portazo a Miguelito en la
mismísima cara.

—¡Qué barbaridad! —dijo Miguelito— ¡Ni mi propia madre me pudo reconocer!

Entonces tocó a la puerta otra vez. Su madre abrió la puerta y dijo:

—Ya te dije que no puedes entrar a esta casa a jugar con mi Miguelito. ¡Estás sucísimo! ¡Estás sucio de pies a cabeza! ¡Estás hecho un desastre! ¡Estás . . . ! ¡Oh no . . . ! ¡Dios santo! ¡Tú eres mi Miguelito!

Entonces Miguelito entró a su casa y tuvo que quedarse en remojo en la bañera por tres días hasta que por fin quedó limpiecito.

Cuando Sheila llegó a su casa, ella tocó a la puerta. Su padre la abrió y vió a una niña increíblemente sucia. El dijo:

—Tú no puedes entrar a esta casa a jugar con mi Sheila. ¡Estás demasiado sucia! Y entonces le dió un portazo a Sheila en la mismísima cara.

—¡Dios mio! —exclamó Sheila—. ¡Ni mi propio padre me pudo reconocer!

Ella golpeó a la puerta tan duro como pudo con sus manos y pies. Su padre abrió la puerta y otra vez le dijo:

—Oyeme muchachita sucia. Deja de hacer tanto alboroto. Ya te dije que no puedes entrar a esta casa a jugar con mi Sheila. ¡Estás sucísima! ¡Estás sucia de pies a cabeza! ¡Estás hecha un desastre! ¡Estás. . .! ¡Oh no. . .! ¡Dios santo! Tú eres mi Sheila!

—Correcto, —dijo Sheila—. Yo fui a un incendio en el sillón de atrás de un camión de bomberos y me ahumé toda. ¿Y sabes qué? Yo no tenía ni un pelo de asustada.

Entonces Sheila entró a su casa y tuvo que quedarse en remojo en la bañera por cinco días hasta que por fin quedó límpia.

Después de unos días, Miguelito llevó a Sheila a caminar por la Estación de la Policía. Miguelito le dijo a Sheila:

—Oyeme Sheila, si otra vez me llevas en otro camión de los bomberos, voy a pedirle a la policía que te ponga en la carcel.

—¡LA CARCEL! —gritó Sheila—. ¡Oh sí, vamos a ver la carcel! ¡Qué buena idea!

—¡Oh no! —gritó Miguelito, y Sheila agarró su mano y lo llevó adentro de la Estación de la Policía.

Otros tí por Robert Munsch publicado en español:

Los cochinos
La princesa vetida con una bolsa de papel
El muchacho en la gaveta
El papá de David
Agú, Agú, Agú
El avión de Angela
El cumpleaños de Moira
Verde, Violeta y Amarillo
La cola de caballo de Estefanía

Otros libros en inglés de la serie Munsch for Kids:

The Dark
Mud Puddle
The Paper Bag Princess
The Boy in the Drawer
Jonathan Cleaned Up, Then He Heard a Sound
Murmel, Murmel, Murmel
Millicent and the Wind
Mortimer
The Fire Station
Angela's Airplane
David's Father
Thomas' Snowsuit
50 Below Zero
I Have to Go!
Moira's Birthday
A Promise is a Promise
Pigs
Something Good
Show and Tell
Purple, Green and Yellow
Wait and See
Where is Gah-Ning?
From Far Away
Stephanie's Ponytail